DAQUELAS

MULHERES

Renata Barrozo Baglioli

R. Doutor Goulin, 1523 Alto da Glória
CEP 80040-280 Curitiba-PR
(41) 3254-1616 e (41) 3558-8001
editorainverso@editorainverso.com.br
www.editorainverso.com.br
Facebook.com/editorainverso
Instagram @editorainverso

COORDENAÇÃO EDITORIAL / EDITORA
Cristina Jones

REVISÃO
Renata Miloni

IMAGENS DE CAPA E MIOLO
Freepik

CAPA, PROJETO GRÁFICO E DIREÇÃO DE ARTE
Adriane Baldini

DADOS INTERNACIONAIS DE CATALOGAÇÃO NA PUBLICAÇÃO (CIP)
MONA YOUSSEF HAMMOUD – CRB/9ª.1393

B146d

BAGLIOLI, Renata Barrozo. **Daquelas mulheres.**
Curitiba: InVerso Editora, 2023
106p. 15 cm x 18 cm PTBR
ISBN: 978-85-5540-321-7

1. Contos. 2. Poesia. 3. Sentimentos. 4. Vivências. 5. Feminilidade.
6. Observações do cotidiano. I.Título

CDD: 869.241

CONTOS: 869.241
SENTIMENTOS: 155.3

Dedico essa obra a todas as mulheres que conquistaram o espaço de que hoje nos apoderamos, em todas as áreas do conhecimento, e também na relação com familiares, parceiros e amigos.

Homenageio nossa ancestralidade, as mulheres maravilhosas que nos antecederam em nossa existência, as mulheres da minha família, as mulheres que compartilham comigo esta caminhada e aquelas que nos inspiram a potencializarmos nossas virtudes e competências, abrindo caminho para um mundo menos desigual.

Sou Daquelas Mulheres *que brinda diariamente a liberdade!*

PREFÁCIO

Com esta obra, eu busco aflorar a feminilidade das mulheres, a leveza de que somos feitas, a doçura, mas também a resiliência, a fortaleza e a completude que nos faz nos reconhecermos como amigas, profissionais, mães, parceiras e empreendedoras. Somos muitas vozes em coro, temos opiniões diversas e trazemos soluções e brilhantismo nas carreiras que escolhemos. Somos criatividade e poesia.

Essa coletânea de prosa e poesia é para ser uma conversa com a leitora, um espaço de desabafo onde nos encaramos "olho no olho", nos redescobrimos nas várias catarses e colhemos os frutos da conexão.

Somos uma só, com nossas vozes em sintonia, no plural, porque somos Daqueles Mulheres que merecem ser ouvidas.

DAQUELAS MULHERES

Eu não sou *daquelas mulheres* que saem por aí falando mal dos outros… uma fofoquinha aqui, um comentário ali, até dá enredo para uma conversa, mas me desconcerta essa obsessão pela vida alheia, dos que dissecam as redes "neuróticas" sociais.

Também não sou *daquelas* que engolem um bom sapo, nem mesmo um mosquito; só engulo mesmo é chocolate e doce. Não gosto de ser enrolada, gosto de preto no branco e, às vezes, até de cinza, se a coisa tiver mais de um ângulo.

Gosto de uma boa discussão; não pelo clima, mas pela infinidade de argumentos. Adoro brincar com as palavras, fico tensa em ter que achar sempre a palavra mais adequada; tenho certeza de que as palavras mais frívolas até riem de mim…

Adequação é outro conceito que cabe bem no meu vocabulário. Não sou daquelas que acham tudo bonito, que o certo é o que alguém disse por aí, que vale tudo. Ser adequado é essencial para não importunarmos os outros. Só por isso. Cada um tem que levar a vida que quer, o problema é que essa dinâmica nunca se esgota aí.

Sou daquelas que chora em momentos felizes (de rir), em momentos especiais (mesmo de terceiros) e de indignação com a injustiça. Sou um pouco justiceira, mas vejo que o problema aqui é me achar um pouco juíza ou vítima da situação... Assim fica fácil se justificar para tudo e perder a razão (mesmo sem querer admitir).

Sou daquelas que vibra com tudo. Sendo Renata, renasço a cada dia, com cada novo plano infalível que traço, com cada esperançoso amanhecer, sempre de uma forma diferente.

Como nas narrativas lineares, começo o dia de um jeito "normal", daí sempre acontece um daqueles incidentes incitantes, emocionante ou apenas rotineiro, e acabo o dia diferente. Em um novo normal, como uma heroína modificada.

Penso que somos todos matéria de um só Criador, mas tenho mais facilidade em reconhecer os geminianos como eu; deve ser um pouco de teimosia minha. Nessa nova fase, desandei a escrever, antes só falava muito. Agora, quero escrever sobre as inspirações do dia, os comportamentos e tendências, as histórias de família.

Este rico mundo do drama, da ação e de nossos desafios de meros mortais. Espero conseguir harmonizar, com tenacidade, os temperos da escrita, porque não sou *daquelas* que gostam de dissabores e polêmicas, sou *daquelas mulheres* que só querem ser ouvidas.

CARTA À MORTE

Curitiba, 1.º de março de 2021.

Prezada Morte,

Eu penso em você. Sinto muito não ser um pensamento feliz. Se bem que essa qualificadora não faz muito sentido para você, que é desprovida de sentimento e atua com objetividade e hora marcada.

Eu também sonho com você. Acordada ou dormindo. Nessas horas, fico com medo do escuro, me encolho e abraço a criança que mora dentro de mim. E por falar nisso, eu tenho um filho, uma criança maravilhosa. Desejo muito vê-lo crescer, enfrentar os desafios da vida e curtir cada momento nesta passagem terrena. Ah, eu gostaria de estar aqui presente, em carne e osso, quando ele estiver pronto para o Amor.

Não faz bem viver um Tempo futuro, mas eu fecho os olhos e me vejo lá, com minha neta no colo, sorrindo para mim e estranhando as tantas marcas na minha face. Então lhe direi que o Tempo passou por aqui. Passou voando, na verdade. Mas admito que foi gentil comigo, me deu um pouco de si para conviver com meus queridos, aprender minhas lições e deixar estas rugas, as marcas visíveis que só existem porque criamos o calendário dos conceitos.

Eu até vivo você cada dia um pouco. Dizem que quando vivos estamos morrendo aos poucos. Eu não me sinto morrendo por dentro, pelo contrário, minha alma é só broto. Já o meu corpo… ah, que saudade da juventude. Sei que quarenta anos é só o começo de uma era, mas às vezes traz o peso de muitas vidas.

Anota aí, por favor, que quando eu voltar para este mundo, depois de passar uma eternidade com os meus, naquele gramado extenso e repleto de paz, quero ser pássaro. Quero a liberdade de voar, encostar meu peito na água, sentir a brisa do mar de frente e ter meu ninho alto para olhar as estrelas de perto. Pensando bem, acho que essa escolha não cabe a você e, na real, isso tudo já estou vivendo aqui mesmo no meu presente. Ufa, que alívio! Nem precisei ir para reconhecer que o paraíso é aqui, na Terra!

Só te peço, Morte, quando decidir carregar esta carcaça, deixando apenas concha onde hoje há pérola bruta, que me deixe despedir-me dos meus. Sei do nosso encontro, mas ainda não sei o dia e a hora. O poeta profetizava que "a solidão é a pretensão de quem fica".[1] E, como a decisão de quem vai e quem fica é somente sua, te peço para me permitir partir deixando um rastro de saudade e não de solidão. Quero poder me preparar um pouquinho, ir sentindo o Tempo virar pó para a todos tocar antes da minha partida.

Me contaram por aí que por mais sombria que você pareça, o Amor caminha a seu lado e que, quando alguém lhe dá a mão, o Amor se multiplica incondicionalmente e abraça a quem fica, em seu próprio Tempo. Então eu, quando me desintegrar desta matéria humana, pretendo renascer neste Amor que vai crescendo e tomando corpo a quem se permite amar e recordar.

Assim, depois de ser carregada por você, Morte, tenho certeza de que serei Amor e Vida, onde o Tempo recomeçará seu andar apressado e precioso. E, por isso, agradeço a Você por todas essas certezas que traz em sua atemporal presença.

Eu aceito você, mas não hoje,

Renata Baglioli.

---

[1] Roberto Frejat, "Pro dia nascer feliz", *Barão Vermelho 2*, Barão Vermelho. © 1983, Som Livre.

O SIGNIFICADO DA PALAVRA INTIMIDADE

Se intimidade fosse verbo, seria transitivo direto. Transitivo, porque a intimidade tem sentido incompleto, precisa de um complemento, ou seja, precisa de "dois" quaisquer.

E direto, porque transita diretamente ao objeto.

Quando há intimidade há conexão, um trânsito direto entre os "dois" ou mais quaisquer.

A intimidade gosta de se mostrar com o tempo, ela chega de mansinho, como quem não quer nada, vai tomando espaço, meio encabulada, e, quando você percebe, já preencheu o ambiente entre dois ou mais corpos. Isso sem falar na intimidade que preenche um só corpo e se apodera dele. Essa é a intimidade consigo mesmo que reverbera quando atingimos o autoconhecimento. Quando não há mais julgamentos, no pós-trauma das grandes crises de identidade.

A intimidade a dois, essa merece prosa. Ela abre caminho doce, é meiga, depois febril, dilacerante, e vai se tornando rotina, cumplicidade, passa a ter cheiro de café coado e pão de cada dia.

E o aprazível é que isso acontece de forma suave, em seu tempo, porque cada casal tem a sua própria dinâmica. Mas é tudo muito suave e até sutil.

O gosto da boca do outro, o sorriso maroto capturado de uma pose sem foto, uma crítica sincera, as emoções compartilhadas. Isso tudo é o substantivo intimidade. É criar conexão, enlace, gerar confiança, é regar uma semente que vai crescendo como o pé de feijão e cria raízes fortes e fundas.

Intimidade também dá tapa na cara, dá permissão ao outro para te agredir com as fragilidades já postas na mesa, autoriza invasões de privacidade, dá liberdade para nos sentirmos em casa, desnudos e apavorados de porta aberta, enquanto o outro se finge de planta.

Intimidade no plural significa amigos rindo à mesa, contando sua versão das histórias ou repetindo invencionices que o tempo tornou verdades absolutas, sobre apelidos infames, viagens inglórias, namoros inesquecíveis e chefes irritantes. Também são as amigas em confidência, um quase conluio de irmãs de credo ou apenas de infância.

Intimidade é sentimento de posse, mas é também sentimento de acolhimento, de abraço, de familiaridade, de amizade. É uma ponte de madeira maciça entre nossos abismos individuais!

ENTRE FAMÍLIAS E VINHOS

Fui criada em uma família de descendente de italianos, com muitos rituais (ainda mais à mesa), discussões (não necessariamente brigas), muito amor e constante proteção. A aprovação dos pais é sempre importante para os filhos, especialmente na primeira infância. O desafio é criar filhos independentes emocionalmente, sem projetar neles expectativas e sonhos que não sejam os seus próprios.

Em uma família italiana, tudo é junto e muito misturado. Os problemas são de todos, e os créditos e débitos também. A intimidade e privacidade podem ficar um pouco relegados, pois não parecem ser prioridade *per gli italiani.*[2]

Ao longo do tempo, descobri que cada um tem que assumir o controle de sua própria vida, se assenhorar de seus erros e acertos e a família seguirá unida onde houver amor e respeito. A proteção excessiva não leva à evolução individual, parece retardar o processo. À parte disso, as famílias (italianas) são maravilhosas, e a minha é a melhor para mim.

Com os vinhos, o tempo é o senhor. O processo de maturação pode ser curto ou longo, a depender se o vinho tem alma jovem ou tem a proposta de ser longevo, mais robusto e encorpado. O importante é que cada vinho deve decantar, levando o tempo que lhe for devido, para atingir sua maturidade e exalar suas próprias características e identidade.

O tempo é sábio. Sem ideais de perfeição e validação, as melhores safras são as de vinhos que conseguem equilibrar os componentes de acidez, os taninos, e os sabores que lhe são peculiares. Essa mistura explosiva de aromas e cor, sabor e emoções, torna essa bebida complexa e inebriante.

E assim se assemelham as famílias, nas quais cada um tem seu processo de maturação, e o tempo corre em uma unidade de medida particular a cada indivíduo. Uns são mais saidinhos, exalando vivacidade e pressa em viver; outras jovens centenárias almas parecem não sentir o peso do tempo; há ainda aqueles entes mais densos e robustos, quiçá mais sensíveis ou instigantes. Cada um com sua complexidade, exalando seu próprio perfume e destilando seu particular gosto; gosto de si, gosto pela vida.

Como os vinhos, as origens (cepas) das famílias trazem traços comuns que permitem constatar, com sutileza, sua hereditariedade, mas isso não os impede de serem exemplares únicos de alma e com sabor inigualável.

---

[2] "Para os italianos". (N. R.)

AS INSEPARÁVEIS

Éramos inseparáveis, éramos jovens, tínhamos todo o tempo do mundo.

Eu e ela, mais do que uma irmandade, sempre fomos testemunhas uma da outra. Nossa idade muito próxima quebrava tabus e dispersava a competição normal entre irmãs. Vivíamos o mesmo tempo verbal.

Não tínhamos muito em comum, o que era ainda melhor, uma completava a outra. Eu gostava de surfe e água de coco, e ela de maquiagem e moda.

O que nos unia era a parceria e a cumplicidade, especialmente nas viagens pelo mundo. Foram muitas. Algumas para lugares mais próximos, cada vez conhecendo um canto novo cheio de charme de nosso país, outras vezes cruzando oceanos.

Em cada viagem, muitas risadas e novas experiências, as melhores lembranças de um tempo pretérito perfeito. Os segredos das descobertas juvenis eram confidenciados na mesa da cozinha nas altas horas da madrugada. Hoje, já vivendo o futuro do presente, as confidências são trocadas na cozinha de nossas casas, preparando o almoço ou a lancheira dos filhos, em meio ao turbilhão de coisas e correria que chamamos de rotina.

Eu, que sempre parecia mais velha pela caretice e culto à imagem de responsável, resolvi, então, mudar de papel com ela, deixando-lhe o legado de irmã mais velha. Meus cabelos brancos vieram antes, com uma notícia de supetão no auge da era de ouro dos vinte e três aninhos. Minha mãe estava comigo e constatou o que passara despercebido nas poucas horas que eu dedicava ao espelho. Pensei, então, com tom melancólico, "agora não posso mais me perder em uma ilha deserta". Isso me abalou um pouco, ter que alimentar rotinas de cuidados e programações de cabeleireiro já tão cedo.

Minha irmã, por outro lado, puxou a genética da família da avó, e não tinha (antes dos "entas") sequer um fio branco, mas teimava em passar oito horas no salão por mês para colorir seus cabelos com os fios brancos das celebridades. Acho que era também um pouco de solidariedade comigo.

As irmãs têm disso, quando desabafo um cansaço ou uma reclamação de coisas cotidianas, ela logo tenta me superar para que fiquemos ambas no mesmo patamar e vejamos como nossas vidas são maravilhosas (sou avessa à comparação, mas sem referência temos mais dificuldade em reconhecer as glórias).

Entramos nos "entas" (eu, na quarentena), ela, meio junto comigo por esta simbiose própria da convivência diária.

Nos “entas”, parece que a gente precisa ainda mais de colo. De colo de mãe, de filho, de marido e de amigas. Deve ser para termos uma validação de que estamos no caminho certo, fazendo escolhas conscientes e que nos levem mesmo a sermos pessoas melhores.

Nesta fase adulta, mesmo que a juventude pareça estar a poucas quadras daqui, entendemos melhor nossos pais, pois encarnamos o papel deles e eles, merecidamente, se aproveitam para posar um pouco de filhos e ainda pegar a casquinha dos netos.

Todas as fases têm seus encantos. A graça da vida continua quando temos pessoas queridas participando dessas metamórficas etapas, e contamos com irmãs de sangue ou de afinidade por perto. Assim, quando a dúvida sobre quem somos aparece, em algum tempo do futuro do pretérito, podemos sempre nos olhar na irmã-espelho, em mais uma conversa na cozinha, para ver refletida a nossa imagem e ter a certeza de que estamos juntas nesta caminhada.

É porque nós, irmãs, somos inseparáveis em qualquer tempo verbal.

A ORQUÍDEA QUE VIVE EM MIM

Eu me rego ao menos três vezes por semana. Água pura e corrente. Não posso me deixar mofar pelo excesso ou secar pelo descaso. O equilíbrio é a alma de minha florada.

Tomo sol com parcimônia, pois minhas folhas são sensíveis à exposição em demasia. Sou mesmo um pouco reservada em certos ambientes.

Floresço em pétalas manchadas e disformes e meu perfume é notado apenas por quem sabe apreciar com o tato, talvez o mais justo dos sentidos.

Pareço delicada como são as margaridas, as rosas e as petúnias por aí. Somos todas o feminino ressoando beleza.

Mas sou também forte, minha haste não se dobra por qualquer capricho. Só se for para apanhar mais luz.

Minhas raízes não cabem no pequeno vaso que escolhi. São extensas, são históricas, são entrelaçadas. Quando me liberto dos preconceitos, estou em um jardim selvagem, agarrada em alguma árvore generosa, partilhando a seiva. Chama-se a Árvore da Vida.

Então respiro aliviada por poder perder as flores sem ninguém lamentar. Com calma, voltarei a desabrochar sexualidade em mais um florada, entre lagartas e borboletas azuis.

Nós, mulheres, somos assim: ímpares, selvagens e singularmente belas.

VELHOS TEMPOS

Eram outros tempos. Não estávamos plugados na tomada. Hoje estamos conectados com tudo e com nada, não temos hora para a contemplação.

Andávamos de bicicleta, sem lenço, sem sobrenome. O pensamento voando longe, os planos se desenrolando no passeio. Os encontros eram sem hora marcada, por vezes até esquecíamos o relógio em casa.

As notícias ruins que chegavam eram poucas, nada comparado à avalanche ininterrupta de *sad* e *fake news* dos dias atuais. Os dias eram mais longos. Havia menos correria, mais bate papo na padaria, horas a fio no telefone (com fio). Mais bolos caseiros.

As preocupações daqueles tempos eram mais mundanas, notas baixas e rotina em empregos duráveis. Não tínhamos a pretensão de viver em Marte ou de espalhar vírus pelo mundo.

Éramos mais livres, menos fiscalizados, mais crentes. Era mais "ser" que "parecer". Éramos mais espontâneos. As redes sociais não eram virtuais, era uma teia de relacionamentos reais, viscerais até. Não nos embalávamos em tantos rótulos e nossos pais eram humanamente imperfeitos. Todos sabíamos disso.

Os verões duravam mais de noventa dias, os sorvetes eram infinitos e a casa dos amigos de amigos estavam de portas abertas para um jogo de baralho ou para a conversa fiada. As casas não se escondiam atrás dos muros e, curiosamente, havia menos invasores.

A risada gostosa acabava em gargalhada, a distorção do que é liberdade de expressão não havia tolhido o tom de brincadeira. A política era assunto de gente muito grande, não se misturava com os temas dos almoços de sábado.

Naqueles tempos, as famílias eram maiores, menos individualistas e mais expansionistas. Sempre cabia mais um prato na mesa, não era tempo de Zap para perguntas e esperar a resposta da visita. Era só aparecer: "Ô de casa!".

Foram bons tempos. Sem volta. Fica a nostalgia daquelas páscoas com ovo de chocolate pendurado em *piñata*. As crianças de todas as idades quebrando-o em pedaços com a marreta ou no murro e se deliciando com o gosto da amizade e da simplicidade.

Fica a saudade dos amigos do peito (uns se foram, outros se distanciaram). Saudade dos tempos de paz.

Nos dias atuais, vivemos em constante vigília, esperando por algo que nem sabemos ao certo o que é. Enquanto isso, a vida vai passando, lá longe, sem ser curtida, o *like*.

Temos que nos renovar, mas que possamos lembrar destes novos com a mesma doçura da lembrança dos velhos tempos.

SEM CENSURA

Ela se achava sem graça, sem cor, sem presença. Usava mais de duas calças para ganhar "corpo", nenhuma maquiagem por trás dos óculos de menina inteligente que era, e transbordava um receio de ser incompreendida.

Em um colorido dia de primavera, ela desabrochou. Vestiu a calça verde-limão que lhe caía bem no corpo esculpido de modelo, tingiu seus cabelos com a cor platinada da ousadia que só as personagens fortes têm e tirou a rolha da boca. O mundo era seu, afinal! Não tinha mais pudores nem censura.

Escolheu ser alguém sem papas na língua, daquelas pessoas que embelezam e alegram qualquer ambiente. Divertida, polêmica e sem carregar o fardo da coerência. Muda de ideia e finge nem notar, não censura o mundo. Sabe que tudo se transforma em purpurina ou pó.

Mede seus inimigos com a régua que calibra diariamente de acordo com as estações do ano. É uma boa amiga, sincera e de palavras ferrenhas, e autêntica como só os leoninos sabem ser.

Uma mulher diferente, incomum, especial. A vida é muito curta para não viver com presença e *glamour*. E isso ela tem de sobra!

E ACORDEI MÃE

A notícia veio assim, inesperada, às vésperas de um dia qualquer com ares de abril. Eu tinha recém-chegado de uma deliciosa viagem com uma amiga de infância e mal sabia que seria uma última provação de garotices e despreocupações.

Não era sem prenúncio, pois eu havia suplicado ao meu Deus para me indicar "uma luz", onde o caminho da vida se havia bifurcado. Não tardou a chegar, e não se procrastinou o encanto com o júbilo da maternidade.

Quando menina, não era tão dada à exasperada vontade de ser mãe. Foi no momento que vi o rosto angelical do Luca, sorrindo satisfeito no colo de sua protetora, agarrando, com aquelas mãozinhas de pão quentinho com covinhas, sua fonte de sustento, que a ideia me assolou. E depois, com a notícia nada sutil, a historinha começou a se desenhar em minha cabeça e cresceu dentro de mim a vontade, me permitindo apaixonar-me singelamente pela ideia.

O serzinho nasceu encantador, muito mais doce e delicado do que a encomenda. E, de repente, me vi mãe.

De um jeito melancólico e extenuante, desconhecido e extasiante! Cada dia uma descoberta, um amor crescente que, mais que incondicional, se propaga no infinito.

Ser mãe traz um bem querer descomplicado que abre frente para a esperança de um mundo mais generoso para o futuro hoje recém-crescido. Tenho agora um cúmplice, um aliado e um companheiro. Ah, como é bom ter a certeza aviltante de que nunca mais navegarei sozinha!

As gargalhadas dele, e os trejeitos um pouco meus que ele carrega, saúdam com beleza e brevidade os momentos finitos. Com provas ilimitadas de amor, sou presenteada com mais um dia de sua inocente presença, com afagos e carinhos que me intitulam única neste papel no seu universo, herdeira de uma paz deslumbrante de ser MÃE.

O QUEBRA-CABEÇA E O CASAMENTO

Fase 1 - 18 peças grandes

Todas as peças do quebra-cabeça se encaixam com facilidade, pois são grandes e disformes.

Nesta fase, há entrosamento, as conversas fluem e são agradáveis.

Não há outras possíveis peças para o mesmo encaixe, não há dúvidas, não há sobras. Tudo parece muito harmônico e natural. As cores são bem definidas, assim como os temas.

O amor, a paixão, o fogo, a conexão, tudo está em sintonia.

Esta fase admite crianças de todas as idades. A ideia é se divertir.

Não há espaço para o enfrentamento; afinal, os problemas são de fácil solução.

Está tudo azul ou com cores próximas das primárias de um arco-íris. *La vita è bella!*

Terminado este quebra-cabeça, você já pode pular de fase.

Fase 2 - 40 peças grandes

As peças do quebra-cabeça sabem que são grandes e exploram sua identidade. Juntas, elas sabem que são melhores, definem melhor o tema.

O nível de dificuldade aumenta um pouco e os jogadores já começam a escolher, cada qual, o tema do quebra-cabeça. Escolhem o que mais lhes agrada visualmente ou aproxima seus gostos.

As peças se encaixam com facilidade e há poucas dúvidas sobre o lugar de cada uma. Os papéis parecem claros e definidos.

Completado o quebra-cabeça em pouco tempo, você já pode pular para a fase 3.

Fase 3 - 504 peças

O nível de dificuldade do quebra-cabeça aumenta e os jogadores já repensam se querem mesmo brincar. As peças ficam mais parecidas, os papéis se confundem, as tonalidades das cores das peças são muito próximas. Há dificuldades de interpretação e o encaixe exige paciência e persistência. A cumplicidade e intimidade permitem a melhor integração dos jogadores.

Não vemos apenas temas "arco-íris", os jogadores escolhem temas diversos e tentam encaixar peças em lugares inadequados. Corre-se o risco de quebrar peças ao meio ou de um jogador escondê-la para baixo do tapete.

Nesta fase, muitos desistem de jogar. As peças começam a se embaralhar e, aparentemente, há espaços em que cabe mais de uma peça no quebra-cabeça.

O jogador tem que contar com astúcia, ter atenção e querer passar para a próxima fase e ambos os jogadores devem ter um mesmo plano. Caso contrário, o jogo termina com apenas um jogador ou com várias peças em cima da mesa. Todas lançadas à sorte dos próximos.

Com muita sabedoria, se você passou desta fase crítica, o jogo continua.

Fase 4 - 1008 peças

Não é para amadores. São muitas peças do quebra-cabeça que se tornaram bastante parecidas, várias possibilidades, vários caminhos. É importante ter um padrão de comportamento para manter o foco e parceria para completar o quebra-cabeça. Muitos jogadores continuam apenas para sagrar-se vencedores e pendurar o grande quebra-cabeça na parede como troféu. Outros tantos estão dispostos a manter unidos os jogadores pelo tempo que demorar para acabar este jogo e os outros que virão.

Há vários motivos para terminar o quebra-cabeça, mas há muitas outros para desistir e um jogador sair com várias peças na mão, ou para jogar todas embaixo do tapete para ninguém mais jogar.

Acabou a facilidade, a parte apenas da diversão, o ideal de encaixe perfeito.

Esta é uma fase de respeito. Exige comprometimento para acabar a montagem, cumplicidade, amor próprio e amor pelo que foi construído até aí. Se você chegou até aqui, nada mais te surpreende ou derruba! Parabéns!

Mas atenção: o jogo só acaba quando termina.

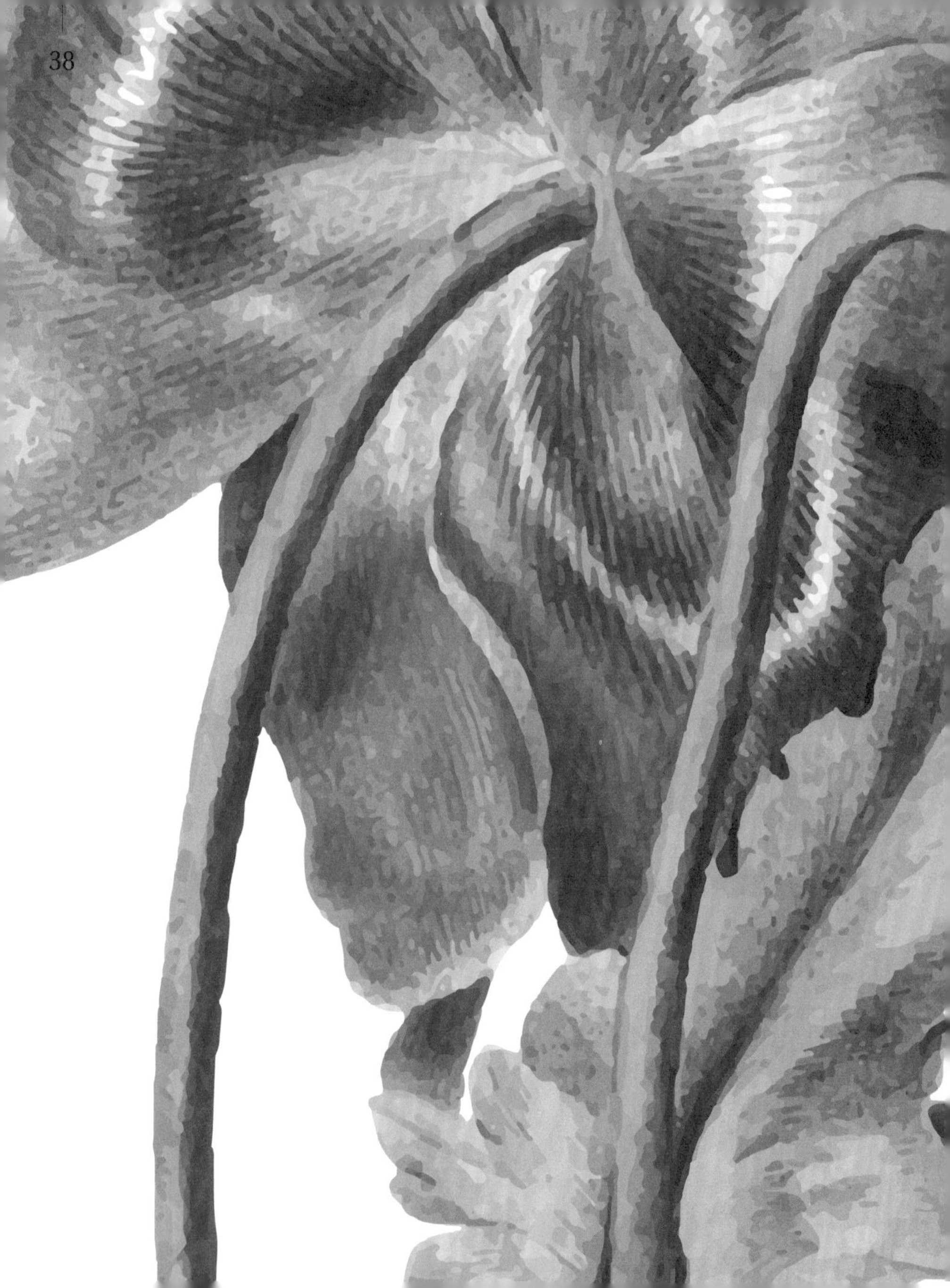

NADA A DECLARAR

Na conversa de bar, quando me perguntam qual o meu time do peito,

meu coração rubro negro sangra, mas eu silencio.

Quando questionam sobre a minha preferência política,

eu, que abomino os extremos e aguardo uma via do meio, me calo.

No almoço de domingo, quando a intimidade cria a polêmica em família, eu tangencio e apenas bebo.

E então, quando a conversa é sobre a vida alheia, a grama do vizinho e os gostos dos outros, eu nada declaro.

E assim a conversa acaba, aquela que nunca começou.

POETIZANDO

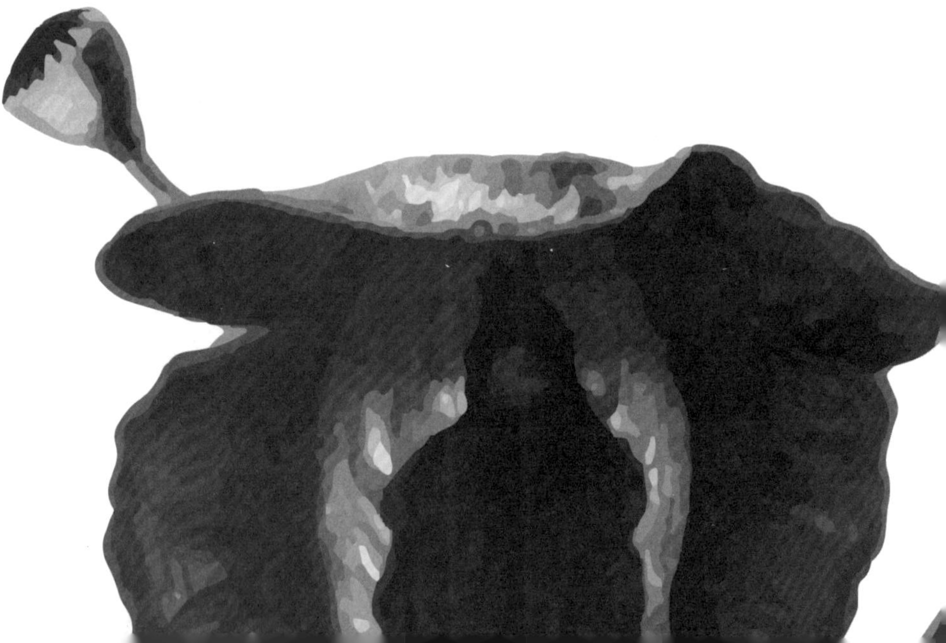

SOBRE MIM

Antes de você
Eu vivia atrás de algo
Eu era contra
Era conforme

Não obstante
Eu era acima da média
A respeito de tudo e até mais
Já dentro de mim
Em vez de como
Eu era exceto
Vivia entre aspas, por trás e sem
Em lugar de locuções

Depois de você

E ainda por cima e por baixo

Virei movimento em vez de consoante

Junto a você e durante nós

Vivo entre dentro e fora

Mas nunca estou ao seu lado

DESAMOR

Eu não queria estar aqui agora, porque...
Não consigo nem explicar a sensação que é...
Me faz mal ver você e não...
Se ao menos tivéssemos tentado...
Ou ainda mudado, apesar de...

Eu não queria nem ter conhecido você entre...
Porque não teria conhecido esse meu outro...
E minha decisão seria ir...
Eu teria feito outras escolhas vivendo de...
E o arrependimento de não ter feito...

Eu deveria ter me casado com...

E esse filho que você chama de seu...

Não posso dizer em voz alta nem...

É muito triste viver assim, sentindo pena de...

O passado é um presente que eu...

E quando eu durmo, eu só penso em você repetindo e repetindo que...

Já o futuro que vejo...

Eu deveria me matar e depois...

E depois matar você, nem que fosse...

E teríamos pela última vez, pelo último...

E nós morreríamos talvez como...

Mas ele ficaria aqui para provar que este amor...

Ah, este desamor não tem...

E SE?!

E se fosse tudo verdade?!

Eu teria que amaldiçoar os dias vindouros

Pensar nos momentos desperdiçados

Ter saudades do que não vivi

E se fosse tudo verdade?!

Aquelas palavras soletradas em língua materna

Já desgastadas pela insignificância que, por tanto tempo, pousou sobre elas!

Ah, eu gostaria de ouvi-las!

A verdade agora é outra

Se fosse aquela, seria outro presente

Não o que imagino

Nem o que me sussurras

Seria também um futuro em perspectiva

De um "nós" idealizado

A mentira, essa que nos contamos um pouco todo dia

De que tudo teria mudado

Não fosse uma circunstância ou oportunidade.

Essa mentira

Quando o "se" aparece

É porque cabia também o "quando" e "como"

E essa pluralidade de advérbios já tinha bifurcado o caminho

POESIA

O que faz a poesia senão apaziguar o coração do poeta?

Faz das lágrimas brotarem flores

Permite que as palavras desfaçam dissabores

E torna a melancolia compreensível

Vertendo aos imortais poetas a claridade de sua alma visível

E a poesia?

A poesia é a esquina dos acasos

O ponto dos encontros, é a melodia que envolve os amantes, os amores, os errantes

É um céu estrelado, um dia nublado, uma tarde desatinada

Uma voz afinada

Dando tons alegres ao que chamamos de vida ou semitons de cinza aos que aguardam a partida

CORPOS

Corpos nus que se encontram
Vestígios de saudade
O cheiro da pele, o hálito mentolado
Sonhos de um passado engarrafado

E quando as almas insistem em se conectar
O elixir do prazer transborda em gozo
E não há mais tempo presente ou espaço deserto
Da união dos corpos descalços
Erige um futuro incerto

O SONHO ÉPICO

Mudo o sonho

Desperto em uma cama de hotel

Lençóis egípcios, cortinas bem fechadas, um silêncio agradável

Me deixo levar pela sensação de conforto

Planejo o despertar

Café com frutas, roupão macio, temperatura amena.

Irei trabalhar? Estou de férias? Aniversário de casamento?

Escolho um destes temas e, enfim, estou pronta para enfrentar o dia aqui na estação espacial

GAIOLA

Não me oprima
Não me pressione
Não me magoe
Não me aprisione

Eu já vivo engaiolada
Nos meus julgamentos
Nos meus preconceitos
Nas minhas decisões

Não me condene, não me absolva
Apenas me abrace e me deixe voar quando eu precisar

PESADELO

Acordo e olho o teto de sapé, as paredes escorridas,
o vento gelado vindo de baixo

Não gosto do que vejo, as paredes me comprimem,
tenho frio, o vento uiva

Volto a dormir

Nem abro os olhos e sinto o cheiro de vodca
exalando do meu amante

Não estou usando pijamas, estou desnuda, me
envergonho

Viro para o outro lado

Fecho os olhos

SINGULAR

Eu nasci no singular

Aprendi cedo os pronomes possessivos,

Me diverti com os adjetivos

E logo vieram os advérbios de tempo, lugar e condição

Comecei, então, a conjugar os verbos no plural

A pensar entre vírgulas e usar as reticências com parcimônia

Passei a multiplicar os sujeitos

E cá estamos, vivendo singularmente no nosso plural

E acrescentando muitas exclamações!

DESCOMPASSO

Há anos, o tempo passava em descompasso

Antes era cedo

Agora é tarde demais

Bodas de ouro, mágoas de prata

Hábitos antigos que incomodavam há séculos.

Piadas gastas que venceram faz décadas

Beijo murcho que já não toca a boca

Mas tem o carinho, a familiaridade, a prole

Falta estar no mesmo passo:

O gosto comum pelo gênero do filme, água na boca de comida no mesmo momento, vontade fazer algo junto, querer mais do que apenas não estar só

Jeito a vida dá

Cria formas de dar cumplicidade

Instiga pactos de fidelidade

Ressignifica conceitos fechados

E se segue vivendo, no saldo: tem ritmo, um passo a dois,
ainda que descompassado

PAZ

Se nos teus olhos eu pudesse ler
O que me faz tão seu
Eu não mais partiria
Eu me envergonharia em tentar esquecer-te

Se eu pudesse ler que você é minha paz
Desejaria estar dentro de ti todo dia,
Além da inconstância de uma bolha de sabão,
Onde as cores do arco-íris são efêmeras
Eu seria mais você para ser meu melhor eu

SOU

Sou gente, sou bicho, sou tempestade
Sou tudo isso sem ser

Vendo imagem e compro impressões
Mas quando me conecto, sou plumas ao vento

Sou ar, sou gêmeos, sou verão
Sou com todo o meu ser

Delicadas como mulheres em prosa
Com raízes expostas, bebem a água da chuva
Não desgarram, apenas oscilam em poesia
Se de liberdade fosse feito o vosso tempo
Ainda assim, escolheriam a simbiose em várias vidas

DOMINGO-FEIRA

Se hoje fosse domingo, seria dia de missa.

Iríamos ao Mercado Municipal,

Descansaríamos ao pé de uma jabuticabeira,

E eu te daria beijinhos na nuca lendo o jornal de domingo.

Se fosse domingo,

Jogaríamos bola com o sol a pino,

Riríamos à toa a três bocas largas,

Até doerem os músculos da face,

Ficaríamos dentro d'água até murchar.

Se domingo, haveria prorrogação da rotina,

Seria um dia preguiçoso,

Um refastelar-se de feijoada com farofa,

E esperar sem desconfiança o dia passar de mansinho.

Se...

e acabou o hoje e também o domingo!

AMAR SEM A

No começo
Eu fui com fé
Eu disse vem
Você veio e roubou de mim o sol e prometeu um bilhete
E fugiu pelo corredor escuro
E começou nosso esconde-esconde
Te procurei um tempo e me perdi no intento
Você virou sonho, foto, futuro do pretérito
De repente você surgiu de novo
Simplesmente
Noite de festejo no céu
Com fogos e misticismo
E devolveu meu bilhete escrito "sorte"
Beijou meu pescoço e me mostrou um território nosso
Devolveu meu sol e tudo fez sentido

GAROTOS

No meu sonho você é aquele menino doce que toca violão

O tempo não cresceu você

Como em um feitiço inquebrável

Consigo sentir o ar daqueles verões

E também o cheiro de amaciante da sua roupa

O sabor do seu beijo

Foi um amor gostoso de viver

Tínhamos tudo,

Um ao outro, desejo, um cenário ideal

Todo o tempo do mundo

Não vejo você no presente

De saudade, nos encontramos neste outro plano

E eu volto a sorrir por termos vivido um amor proibido e conseguido transformá-lo em inesquecível,

Em qualquer plano

LEVIANO

Você foi leviano, meu amor

Quando encerrou em ponto final uma conversa de reticências

E não me deu o benefício da dúvida

Você foi leviano, Roberto

Quando colocou todas aquelas palavras na minha boca

E me acusou de tê-lo traído

Vi seu olhar de desprezo

Quando tirou minhas roupas do armário como quem tira um peso do coração

Você foi, meu amor, leviano

Quem eu mais amei e quem me fez partir, não sem antes me partir em vários cacos irreconciliáveis

Você era meu escudo, minha armadura e meu cavalheiro

Você se foi, Roberto

Não tem mais piquenique na praia e pôr-do-sol no arranha-céu

E se eu traí sua confiança, não foi sem pesar

Eu já era sua como não sei ser de mais ninguém

Mas meu corpo ainda velava sem pudor nas ruas imundas que eu deixei para trás para estar com você!

SE FORES

Se fores embora, acordarei manca de mim

Faltará um pedaço do meu passado, ficarei presa na esperança do que seríamos no futuro

Se fores hoje, não terei me despedido

Dormirei no sono do adeus, da eterna promessa, do etéreo

Se fores sem mim, não te perdoarei, mas

Se me carregares contigo, não nos perdoarão

Este mundo que é nosso, de repente, ficou tão teu e tão meu

Que sequer inventamos nosso verbo preferido, nossa cor predileta, nosso fruto proibido

Se insistires em partir, mesmo sem hora marcada

O Destino haverá de te trazer de volta

Para sonhares comigo e envelhecer fazendo finta de protetor

No aconchego do tempo perdido

Se fores sem pressa, me chama de mansinho que eu caminho ao teu encontro

Nos reconheceremos pelas digitais que deixamos nos outros

Que guardamos debaixo da pele, dentro do peito

Não sabes e tarde te conto que meu coração pulsa contigo

Se fores assim, sem avisar, levas junto um pedaço dele e deixas para trás muito mais que uma lembrança

O TEMPO

Abri os olhos, era vida, a chegada

Pisquei e estava com sete anos, uma feliz infância

Não demorou e veio a juventude, quando o tempo voa
ao sabor das estações

Chorei com os olhos embaçados e vi minha melhor
versão nos meus próprios braços

Não pisquei mais e, ainda assim, o trailer da vida
continua passando afoito diante dos meus olhos

Vejo meu filho crescendo, meus sonhos se realizando a
cada dia um pouco mais

E não quero pensar na partida

Só quero viver de olhos abertos

Sorvendo cada gota do grão da ampulheta

No hiato entre o tempo dos homens e o tempo de Deus

Onde o amor é a única medida da eternidade

ALMA

Se eu fosse pássaro
Pássaro seria
Com toda a minh'alma
E faria revoadas
Até nascer de novo
Quantas vezes fosse preciso
Para alcançar o horizonte

A ESCRITA PARA MIM

A inspiração é uma janela que deixo entreaberta na
mente

E, quando me permito parar e sentir o momento
presente,

Consigo criar histórias,

Dou vida a personagens que são as minhas vozes ou de
outros anônimos ou nominados

Aciono a imaginação para transformar medos e
hesitações em ficção,

Fazendo de uma coisa monstra uma coisa boa

É um processo de transformação e também de
autoconhecimento.

Para mim, esta é a arte da escrita, a arte da cura

SER MÃE

Filho é um pedacinho da mãe

Que se desprende meio por acaso e vira ilha por um tempo

De acesso restrito

Para depois se colar novamente em continente

MÃE é o território conhecido, continente explorado

Que a todos acolhe

Que planta, semeia, irriga

MÃE é também uma criança grande

Que aprende todo dia algo novo

Que se culpa, que repete, que falha, que se encolhe sem ninguém ver

Quem tem sempre um sorriso guardado

Uma palavra de amor

Um jeito de olhar que torna seu filho único no mundo,
um ser completo

Não tem mãe perfeita

Mas AMOR de mãe, ah, esse, sim, é o mais perto que
Deus chegou da sublimação

MARGEM

Eu já morri de amor

Quantas vezes não sei

Porque cada vez que amo

Me sinto morrendo um pouco do que eu era

Mas renascendo muito no que eu agora sou

Na margem de erro

Estou entre a vida e a morte

O NOME DA ROSA

Gabriela, Gabriela!

Ouço a voz histérica do rapaz que olha para mim com olhos eloquentes e puxa meu braço para irmos embora do bar.

Não me sinto Gabriela.

Não me assenhorei ainda do nome.

Eu nasci assim, eu cresci assim, mas não sou ela, Gabriela.

Preferia ter sido Inês, Ana ou Julia. Não Gabriela. Gabriela é forte, tem personalidade, tem perfume, tem musicalidade.

O rapaz que me tira de cena, me vê Gabriela, já eu, me sinto uma pequena Ana. Entro muda no carro, não respondo às ofensas e ao ciúme despejado sobre Gabriela, cravo e canela. Me chamem do que quiserem, afinal, o nome serve para vocês. Eu mesma não preciso saber meu nome, afinal, sei bem onde me encontrar. Digo a ele, Gabriela se foi, se é que algum dia existiu.

A DESPEDIDA

Acordei e ela havia partido

Foi sem nem mesmo dizer-me adeus,

Um até breve, um te alcanço na esquina

Eu quis mas não quis sentir seu perfume

No travessão daquela partida

Pudera ela orgulhar-se de tamanha desfaçatez

E reivindicar aquela despedida

Mas não, saiu como quem sai para um trago

E eu, sem saber o que sentir, somente fiquei, calei
estanco, estagnado, manco de uma boca ao avesso

Caminhando em direção à ruína de um beco qualquer
de mim

Foi sem mais que senti pena e de, tão pesada, não coube
em um só coração partido

Assim, a deixei voar em um revoada de desafetos

Certa de que da vingança não nasce esperança

E de morte matada morre o afeto

UMA SEGUNDA QUALQUER

Acordei cinza em uma segunda com cara de pós-Carnaval.

Sem risadas, cores ou lantejoulas.

Silêncio pela casa com um Munch em gravura exacerbando seu grito surdo nas paredes do aposento.

Dia de ócio e também de saudade.

Escolho a sauna. Paredes cor cinza, luz azul neon, vapor levando ao túnel do tempo, ao calor de útero materno. De braços dados com Kundera, em sua insignificância que faz de tudo o que é ordinário sublime.

Me sublimo, me envolvo na aspereza da toalha e da leitura, nos pensamentos do meu subsolo, nos desidérios da janela da alma.

Ressuscito do sono profundo e recomeço o dia de bônus que acabei de ganhar.

MULHERES

Um suspiro de leveza

O elixir da beleza

Prontas para lutar, prontas para a guerra

No coração, valores e princípios, e flores na lapela

Criam os filhos, fazem pontes de esperança, choram com suas pares

Mulheres são fortes, frágeis, sensíveis, tudo que o Criador quis em uma só carne

Sem elas, o mundo seria cinza

Não haveria flores nos jardins

Palavras de amparo e amor maior

Sem elas o que seria de nós?

ESSÊNCIA

Eu sou impulso, movimento
Gosto de ter as rédeas na palma da mão
Mas quando viro tempestade, desafio o vento
E logo descubro que ninguém controla o mundo
E desabo em chuva
Chuva grossa prazenteira

Afinando com o tempo, ao sabor de lágrimas salgadas
Sou sensível, posso ser invisível
E sou dona de mim
De antemão, eu digo sim
Mas, sem corar, admito que não é bem assim

UMA VEZ MAIS

Me diga o que te move

O que te prende

Que cheiro tem teu desejo

Para que eu possa respirar o teu ar

E perder meu fôlego no teu prazer

Mostra-me o que te inspira

Me deixe entrar no teu mundo

E beber do teu copo para descobrir meus próprios segredos

E assim nos sentiremos vivendo o mesmo sonho

Sempre e outra vez

UM SUSSURRO

Quando falo seu nome

Sussurro baixinho

Para não ser assunto na boca pequena, no bairro miúdo

Pronuncio com voz rouca seu apelido

E rio à toa das bobagens só nossas

Faço ler meus lábios tarefa difícil para quem não pode selá-los

E assim apenas eu e você sabemos

O segredo que guardamos entre a minha boca e o seu coração calado

UMBIGO DO MUNDO

Se eu encontrasse o umbigo do mundo

Iria correndo para lá

Sentir a força da gravidade me trazer equilíbrio

Para eu não ficar de um lado para o outro nos trópicos

Se eu encontrasse a paz entre os extremos polares

Tentaria ser mais Terra e menos Espaço

Impediria minha colisão com meteoros

Seria mais terrena, mais terráquea, e menos estrangeira aqui

Se o mundo tivesse “um”bigo

Seria parecido com um buraco negro

Sugando todos para um ponto apenas

Acabando com as possibilidades e com a diversidade

Que bom que o mundo não tem bigo

DE PASSAGEM

Eu vi o vento
Veio e varreu tudo
Levou o sol e seus raios dourados
Deixou nuvens carregadas e uma tristeza cinza
Esperei por um dilúvio
Para lavar a alma por dentro

Era só teimosia
Ao longe, o céu já clareava
O vento fez a curva na esquina
Se envaideceu com a brabeza
E saiu leve como brisa
Deixando o Rei Sol fazer seu desfecho entre as montanhas
E eu só de passagem

AMIGAS DE INFÂNCIA

São uma ponte do passado para o presente

São conhecedoras de nossas fragilidades e enaltecedoras de nossas virtudes

Conhecem nossa essência e nossas camadas mais profundas

Nos fazem lembrar de nossos sonhos de pequenos

Nos veem grandes sabendo dos desafios pelos quais passamos

Ecoam um pouco do que já fomos e inspiram o que podemos ser

São nossa rede de apoio, guardam verdades secretas e boas risadas

Nos fazem crescer e degustar ainda mais a vida

Apenas porque juntas somos melhores

EL ENEMIGO

Se me perguntares como ele é, *El Enemigo*

Te direi que tem olhos negros e pele curtida

E quando fores procurá-lo, temo que será tarde, ele já terá se camuflado

E, de assim em diante, ele tornará a me perseguir em meus sonhos

Ora pardo, ora branco

Olhos puxados, olhos estreitos vesgos

E se me perguntares como podes reconhecê-lo

Dir-te-ei que não podes, mesmo que eu queira a tua proteção

Pois *El Enemigo* é traiçoeiro e ardiloso

E apenas eu posso enxergá-lo como ele é

E se finalmente quiseres comigo vencê-lo
Teremos que reconhecer que já o vencemos
Pois juntos não há espaço para *los enemigos*
O que do lado dele cresce é apenas sua sombra
Que mal não faz ao mundo quando se está iluminado

DESANUVEIO

Eu vejo cores e formas
Ouço as tramas, os sussurros
Desanuveio

Eu sinto o toque, o cheiro
Me embalo na música que vibra
Danço no meu passo e
Desanuveio

Eu sou rarefeito, sou atérmico
Me disfarço de nuvem
Sumo, apareço
Nuveio

TODAVIA

Esta noite sonhei contigo
Foi tão real que podia ser o presente
Você sempre esteve tão perto nos meus sonhos
Mas longe em cada um dos meus momentos
Viajamos juntos em pensamento
Até idealizamos um futuro no subconsciente de nós dois
Todavia, teimamos em acordar cada um na sua vida
Com os amantes amores que escolhemos

Esta noite sonhei contigo
Foi tão real que estivemos ali
E naquele instante esse era o presente

ENTRELINHAS

Eu mais você

Superlativo

Eu “apesar de você”

Entre aspas

Eu com você

Avec

Você… eu…

Saudade

Eu e você

?

Eu.

Você.

A BUSCA

De tanto te procurar nas multidões
Fui me perdendo em desilusões
E continuo vivendo neste gerúndio
Procurando seus olhos em tudo o que vejo
Para quiçá me reinventar ou viver de desejo

MENINA FLOR

À menina, uma flor
Para ela lembrar-se que a amizade cheira a lírios
E que precisa ser regada com cuidado

Para a menina com uma flor
Desejo que consiga ver a beleza infinita do efêmero.

PRENÚNCIO

Filete de luz

Um rasgo

Brilho intenso

Água, ar

Sintonia

Notas leves

Frescor

Liberdade

Possibilidades

Adágio

Contrabaixo

Notas graves

Escolhas

Terra, fogo

Um hiato

Um suspiro

O sopro

Escuro

Silêncio

Posnúncio

AUSÊNCIA

Ausência também é uma forma de presença
Uma negativa, uma abstinência
Que abre uma fissura
Não passa despercebida
Mostra a que veio

Normalmente vem para ficar, a presença da ausência
Cria espaço cativo
E, quando se vê, já não há mais abstinência
Acostuma-se então com a ausência
E a fissura vira veio em pedra
E tudo em volta a preenche,
Porque a ausência toma corpo de presença

DANÇA

O rosa puxou briga com o roxo

Todos estavam lá testemunhando: o azul, o alaranjado e
até o amarelo antes de partir

Ele queria dominar o céu, impor suas rajadas, mostrar
quem sabe pintar o pedaço

O roxo não deixou barato, se juntou com o azul e
chamou a lua de juíza

Ela assistiu ao festival de cores calada

Não queria escolher nenhum lado

Estava soberba, como toda lua cheia

Deu no que deu, a noite fechou o palco

Escolheu a dedo as estrelas para encerrar o show e as
cores foram saindo

Já tinham se misturado, não havia mais briga

Tiveram a chance de sublimar com a lua

Que reinou até sua fase terminar

Provando que não há competição

Pois o brilho dos astros vem da luz de fora

UMA FACETA DA LUA

Ela sorri para mim

Amarela, envolta em um ar de mistério

Se debruça no mar, quase sinto-a tocando as ondas com seu brilho

E a noite fica ainda mais bela

Ela toca meu interior, acalma meus devaneios, suplica por serenidade

Ela, que é toda fases

Em um piscar, se esconde por trás da nuvens cor cinza chumbo

Deixando tão somente um canto de boca à mostra, que sorri envergonhada

E eu, aqui, em uma de minhas tantas fases

Me identifico com sua presença inconstante e sedutora

Leia também, da autora:

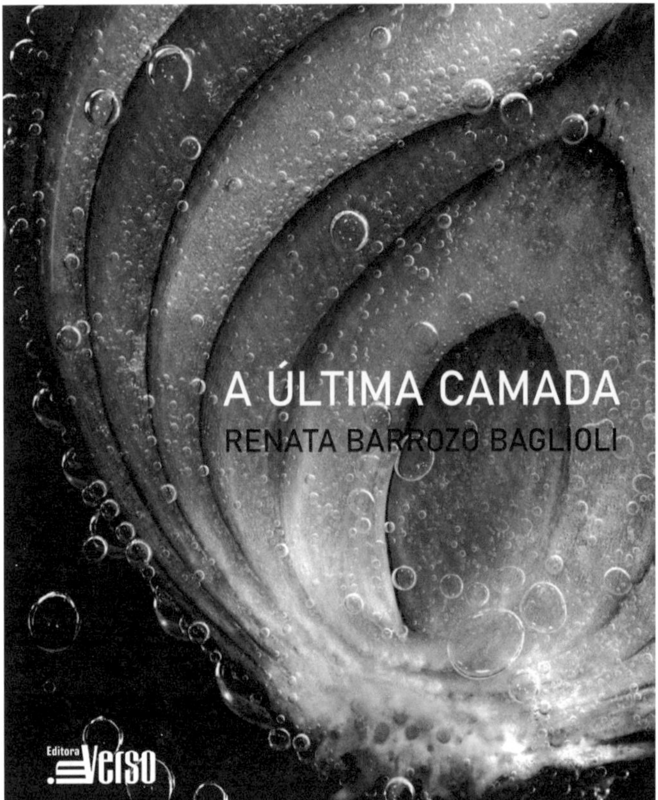

A ÚLTIMA CAMADA

A Última Camada traz histórias picantes, emocionantes, dilacerantes e divertidas dos personagens que nada mais são do que fragmentos de pessoas reais, de nós mesmos, de nosso alter ego. Os contos transportam as pessoas para sentirem emoções e ressignificarem memórias afetivas, inspirando novos olhares sobre as coisas, para que possamos nos desvencilhar de conceitos pré-concebidos e refletir antes de julgar.